その日をありがとう

水口まさよ

文芸社

その日をありがとう　もくじ

コスモス

水菜

ウォーキング

白い雲

コスモス

コスモス

青い空に顔を向け
全身を秋風に　ただまかせ
どれも　これも　ダンスしている
きままに踊っているのに
あたり一面のハーモニー
人間も　み〜んな
天をみて
こんなふうに生きられたらなぁー

銀杏

上も下も黄色ばかり
足あと１つない
うめつくされた銀杏の葉
天をつきやぶる
黒い大樹から
はらはらと
公園中を１日で衣更えさせてしまう
神のマジック

樹齢

静寂の中
１人、身をおく
黒い大きな樹に近づき耳をあてる
じゅるじゅるという音
木の呼吸・生命の音
木の霊がせまり
すべてから浄化されるようだ
見あげれば
木々たちが　互いの生命を拍手しあっている

さつまいも

常備菜入れの隅で
生きるぞ
生きているんだと葉っぱをつけている
へんちょこりんで
天ぷらにもむかず
皮もむきづらい
ほおっておかれた　この芋
けど　次に命をつたえようと
暗闇で芽をふく
私を励ます　この勢い

小菊

大輪になるはずの菊
黄　赤紫　白　オレンジ
「これも　きれいよ　たくさんあって」
そういって　小菊のかたまりを　なでていた母
「なんで～よ」と
失敗と決めつけていたのに
鉢で堂々と咲く一輪より
寄り合って　たわむれている
小菊たちに　ひかれる　自分の中の母

ひとりごと

「お母ちゃん‥‥
　　　どこ行った　お母ちゃん‥‥」
なんであんなこと云うのだろう
子供みたいに
きらいだった　父のひとりごと
けど　哀愁をおびて耳にひびく
そいとげた両親を思い浮かべ
老いを行きかける今

父・子

折にふれ
　「さあコーヒーにしよう」と父
えんどうのお豆ご飯が大好きで
　「おいしい　おいしいよー」
といって　おはしをすすめる父
読書ずき
　いつも手元に何冊か読みかけ
80 超えて知った　父の　このみのいろいろ
50 年以上　父子でいて
だから私も　そうなのねと思う　この頃
昔をうめあわすかのように
してこなかったことを 2 人で過ごす近頃

道

ただ前を見て　２人しか
みえてなかった若い頃
何でも話した胸の中《うち》
子育て　仕事も　ぶつかりあって
どうして　なんでが　ふえていく
今　２人の道は　のぼり坂

稼ぐ仕度《したく》の　よろこぶ顔を
まぶしく　見守る　母の日々
言葉にいえない　胸の内
そうだったのかと　今　気付く
ありがとうが　ふえていく
そう　私の道は　おりかえし

向こうに続く　たそがれ道も
あなたと　あるいてよかったと
きっと思える旅でしょう
今日の命が　すばらしい
さようならが　ふえていく
ええ　だれも　まだまだ　旅の途中

母の笑顔

むかしむかし　あるところに
話した母が　覚えてて
もう一度　もう一度と
せがんだ　私は忘れてる

おいしいの？　おいしいねと
作った母が　覚えてて
明日もね　明日もねと
ねだった私は忘れてる

でも　あのときの
母の笑顔は　目の前に

お里がえり

ただいまー　ひさしぶりに聞く声
玄関に彼と２人
ひょんなことで　彼の親族も
目の前で気を使う娘
それを教えた母なれど
我が子であって娘でない
浮き浮き心が　しゃぼん玉のようにパッチーン
　そう
　　そうね
　　　あの娘は　また１枚　脱皮したのよ
　　　私も　ここで脱皮しなきゃ
　　　ううん　着たまま　暖めて　くらそうか
　　　はてさて
　　　どうしたものだろう

水菜

草 木

どこからか　ふく風
名もない草たちは　フルルと
　　　　小さくゆれる

大きな木は　さわわと
　　　　右左に　ゆさぶられる

はて
　風まかせに生きたら
　　　　私は　どんな立ち姿を　するのやら

種まき

空き地に種をまきました
「春になると可愛い花が咲きます」
小さな立て看板をしました
いつものワンちゃん
気づいてくれるかしら

水菜

マイダーリン

ファッションには　まるで興味がありません
ネクタイどれしていったらいいのかなー
魚釣りと畑仕事に　にっこりの
これが私の旦那様

だいこんおろしが好物で
作ったトマト　キュウリなど
おかずになれば　よりうれしい

少しのビールが楽しみで
つまみは　みーんな　そろっていることと

いつも私の側にあり
天然じこみのお父さん
ところが私が　どんづまり
いっ気に　パパは　ガードマン
ケビン・コスナー　顔まけなのさ

１日中

なに　つくろうかな
ときめきの時
本をパラパラ　あれこれ迷って
もうウキウキの　はじまり　はじまり

お買い物
おめあてのチェリーとブランデーみつかって
足早に　かえる　片手に　かすみ草

部屋いっぱい
ミルクとバターが　ただよって
まるで我が家は　ケーキ屋さん

ティータイム　呼んでないのに
テーブルに
夫も子らも　ほんわかと
わいわい　がやがや　はじまった

バターより　笑顔のほうが　とけている
１回で４度うれしい　手作りケーキ
１回で１日　ハッピー　ホームメイド

親指

書くことも　ぬうことだって
平気なの
運ぶのも　つまんでみるのも
かんたんよ
親指さん　ありがとう
それなのに
あなたはパーに　したときに
一番、背ーが　ひくいのね

パソコンもピアノも　みんな
できるのよ
お料理も　本を読むのも
楽しいわ
親指さん　ありがとう
それなのに
あなたは　グーにしたときに
だれにも　姿を見せないの

水 菜

冬の畑の　菜っ葉さん
霜にあたって　凍らぬように
自分で甘みを　つくり出し
生き抜いたのよ　寒空で
たどりついたは　我が家のテーブル
鱈や鳥肉　はふはふと
豆腐もなくちゃね　ふうふうと
だれも　私を　ほめないけれど
私も　今が旬なのよ
どんな鍋をも　ひきたてる
名脇役の　水菜さん

父と小鳥

おひさまの　さし込むお部屋
いつもコタツに座ってる
横には白い鳥かご
クリーム色したインコが２羽
「小鳥はよう知ってるでぇ」
「日の出と日の入りを‥‥」とぽつり
「今日も寒い
　ふとんがないのは気の毒な気がするよ」
と　止まり木で　寝ているピーコに話しかけ
ゆっくりと寝床に向かう
小さくなった　お父さん
あなたが小鳥を思うように
私は父が　いとおしい

水菜

水仙

いつ咲いてくれるのかしら
水仙の花
年ごとに首を長くしていたお母さん
寒い中
凛と立ち
ただよう甘さは母自身
どれも　私をみていてくれているような
凍りつく冬の　温まる　ひととき

アダムのように

大地と大空のあいだ
ありのように生きる人間
宇宙の中のエデンの園で
自分は全能だと生きる人びと
地震がグラッとくるだけで
日照りが少し続いたと
神さま　どうか　助けてと
お願いなんか　言えましょうか

水 菜

ビデオ早送り

生まれたときも見ていたし
走ってるのは　ながめてた
今、死んだのも　わかったわ
一応　全部　知ってるの

なぜ　笑っていたんだろう
なんで　泣いて　いたんだろう
まるで　ビデオの早送り
そんな生き方したくない
逆戻し　そんなの　決して　ないんだし

失敗なんて

お母さんの　おにぎり
　なんで　あんなにおいしいの
　　　両手で　にぎりしめてつくるから
赤ちゃんの　笑顔
　なんで　こんなにかわいいの
　　　天使が　お母さんにごほうびなの
どうして　高い高い山があるの
　　　人には限界のあること　教えているの
空の星　なんで　いっぱい　いっぱいなの
　　　私の失敗　小さなことよと　励ましてくれるために

ウォーキング

春雪

冬一番に　ふる雪は
積もれ積もれと歓迎される
スキーも　炬燵も用意して
けれども一番　大事なことは
土筆や木の芽や虫たちの
毛布の役目をしてるのよ

彼岸もすぎて　ふる雪は
寒い寒いときらわれる
桃や桜に似合わない
けれども一番　大事なことは
よもぎやすみれを見守って
よう芽をふいたと去っていく

ぼけの花

なんて可愛いの
えっ　ぼけっていうの
ふーん　どうして
刺があるからなのかしら
おいしい実も　つけないからかしら

なんて可憐なの
ほら　花びら５枚
ぐるっとつけて
ぼけと言われても　ほほえんで
めげずに来年　また咲くわ

肩がきなんかに　こだわらず
近づく人を嬉ばせ
ほこらず　そこらで話すのよ
ぼけは　だれも　いないって

老梅

なんというの
キッチンの横で母の袖つかみ
咲いたら　いつも　たずねてた
黄色い小花が　かわいくて

気高い香りに　誘われて
背のびしては　開けてみた
前のおうちの庭なので
ちょっとだけねと　のぞいてた

今年も咲いたよ　大木に
かえってくるのよ　この胸に
ただよう　甘さの　その中で
大人の秘密をしったよな
胸のドキドキした頃が

どっちむいても

人よりも　丈の高い木の花は
見て見て見てと　たれさがる
あおぎみた
桜や藤の房たちが
きれいでしょうと声かけた

人よりも　丈の低い草花は
まっすぐ上を　むいている
目の下の
ポピーや　チューリップの群れたちが
見て見て見てと　呼びとめる

あの花も　この花も
みんな　あなたに　いいように
ポーズしてたの気づいてた？

やっちゃん

いつも笑顔の　やっちゃん
おさない頃から　だれにでも
会うと　ニコニコしてくれた

大きくなった　やっちゃん
中学生の　やっちゃんがニコニコ
高校生になっても　ニコニコしてほしいなあ
大人になっても　ずっと笑顔でいてほしい

桜

手のひらに　のせてよ　かわいい白い花
１つだけでは白い花
大木《たいぼく》に　こぞって咲くは　うすピンク
花さか爺《じい》さん　声かけた
みんなで一緒に　ひらきましょう
みんなと一緒に　咲きましょう　咲きましょう

ひらひら　ゆ〜らり　散るときも
生まれたままのその色で
風にさそわれ　はらはらと
短い一生だったけど
こんなに人に　惜しまれて
見守られつつ　去るなんて
なんて私は果報者

夫婦

あなたと私は　ナイフとフォーク
お皿の中で助け合い
おいしい、まずいと　いいながら
一緒に働く　パートナー
片方で頑張るときも　あるけれど
最後には
人生　ごちそうさまでした
並べて　いいたいものですね

世代

もったいない　もったいない
なんでも　しまう　お年寄り
腰曲げて　暗くなるまで　鍬もって
まだまだ　まだまだ　働ける
もののないとき　生き抜いて
蒔いたら実る平和さを
つくづく感謝しています

もっとして　もっとして
なんでも　ほしがる若者よ
あれもいや　これもいやだと　ごろ寝して
だらり　だらりと動かない
どうして　聞いて　くれないの
どうして　わかって　くれないの
平和ぼけ　ハウス飼育の彼らたち

生け花

床の間に花を生ける母
「優秀ー！　優ー秀！」といいながら
いつも写真に残す父
こんな仲良しだったけ
ふと思いながら
せわしくすぎた子育ての日々
今　あの頃の母に代わり生けているけど
よっしゃ　と云って
たまに持ち出すカメラ
この違い
80すぎたら　わかりますか？

孫

僕もはずした～い
おばあちゃんの取った入れ歯を見てせがみ
大きくあいた口に手を入れる息子
歯のない母の笑顔が
くちゃくちゃで一層　おばあちゃんになっている

チーズを肩に　はってくれようとする孫
サロンパスと間違えて
もみじのような手で　得意そうにセロハンをはがす
はい　ありがとう
どうも　ありがとう
何度も　ペコペコ　おじぎして
肩こりが　どこかへ飛んでいっちゃった
ほほえみで　かえす母

さくらの一生

待っていた春色
心が　かろやかにスタート

照りつける陽《ひ》ざしから
暑さをしのがせてくれる木の葉たち
木陰でいこう　夏のオアシス

赤やオレンジに衣替え
山々のファッションショーにみせられる

冬到来
太陽ぽかぽか　ふんわり　あたるよう
自分は裸になっていく

でんとしているのに
　　四六時中　さりげなくやさしい　この木

ウォーキング

山間から　さしこんだ光
放射状に広がり　そそがれるオレンジシャワー
もうすぐ　もうすぐ
ほーら　ほら
できたての　大きな大きな太陽の黄金の目玉焼き
浮かんでる朝焼けパンと
木々たちのサラダを　がぶりっとほおばって
草原の露玉を両手で　ごっく～ん
う～んと背のびして
身も心も　うごきだす
加えられた一日を　感謝して
さあー　今日も、よーい　どん

白い雲

小雨

霧吹をしているかのように
音もなく　絶え間なく　そそがれる雨
山々や田畑をうるおす
無償の　賜物
ここでも　地球の裏側でも
人知れぬ間に　くりかえされる
いとおしい　この星のすべてに
生命を得させる　神の手の業

あじさい

あじさいが咲いているよ
となりのお庭で紫が
私の小庭に水色が
角のおうちでピンク色
コンビニまでの朝の道
みんな悩みは違うけど
降られて　きれいに　なるものよ
打たれて元気になったのと
話してくれてる　雨の中

鮑《あわび》

こんなとこ　だれも見ていないのに
　　　なんで　こんなにきれいなんやー
　　　　　ホラ　ホラ　見て！

深い海の中にいて
　　　どうして　こんな色合い　できるのかなあー

キッチンの隅で
　　　捨てられようとしていた貝殻を手に
　　　　　しきりに感心している
青みや赤みを帯びた真珠のような光沢
息子よ
よく言った
内面に目を向ける
その視線が
一番の　ごちそうだったよ

モーニングカップ

テーブルに　おそろいのカップ　並んでる
ありがとう　和ちゃん
ちょっと大きめの朝のカップ
さがしてるの
けど　なかなかいいの　みつかんないの
ふと　もらした小さな会話

あの娘が帰って１週間
ピンクのリボンの小包から顔出した
紫の小花が輪になった　コーヒーカップ

パパとママを思い浮かべ
さがしてくれたに違いない
アイスコーヒーにしても
これなら心はホットでスタート
そういいながら
両手で包み込んで飲んでるの
今朝も　いつまでも　さめない　このコーヒー

さくらんぼ

引越して　夢をみました
大きな木に　さくらんぼが　一杯　なっていました
この土地で
なにか　いいことありそうな
胸の中で
赤いさくらんぼ　ふるるんるん

水田

田んぼは　水ばかり
みわたすかぎり　池だらけ
小さな苗が植えられて
そよそよしながら　歌ってる

映ってる　遊んだ山や　いらかの波も
みんな　ゆられて　ハモってる

みてる間に
田んぼは　緑のじゅうたんに
ガンガン光に　てらされて
めだかは　小川に　いったのか

みてる間に
穂をつけ　たれて　黄金色
雲や雨や　お陽《ひ》さまに
ありがとうと頭《こうべ》たれ
ごくろうさまと　心から
農家の人にも　ありがとう

白い雲

陽《ひ》だまりの中
寝ころんで見あげる高い　青い空
ふわふわの　白い雲
止まっているのかなー
うごいているのかなあ‥‥
ずーっと　ぼんやり　見つめていると
かすかに左にすすんでいる
「ここで昼寝しよ」
と言った老いた父の横に並び知った
ぜいたくな空間

朝・昼・夕

朝　咲くから朝顔って呼んでる
昼　ひらくので昼顔って名前つけた
夕方　はらりとするので夕顔っていってる
名前は　つけたかも　しれないけど
昔むか〜しに創った人が　いらっしゃる

真夏の田園

あたり一面
土と水の混ざった　匂い
苗代が　すきまだらけで揺れていた
もう真緑が　ぎっしり
毛足の長い最高級の　じゅうたんのよう
空から　そよ風がサーフィンのように
ウィーン　ウィン　ウィン　と
田園一面をなでていく
神さまが「おいしい　お米になーれ」って
手のひらで　なでていったのね

元気雲

青い空の
山の向こうに浮かんでる
あのポッカリは　ソフトクリーム
そうだ旅に出よう
あの辺りについたら
スニーカーで
散歩しながら　ほおばろう
そして　一から　やりなおそう
青と緑に囲まれた　この星に生かされているのだから

ある１日

　おーい元気かー
調子のいい　いつもの声
　息子からの電話

ポストにピンクの封筒
２枚ほどの　小花もようの便せん
娘からの便り

いや～　ありがとうさん
縁側で　待ちくたびれてる
おじいちゃん

今日はどうだった？
で始まる　夕ぐれの夫婦の会話
そのすべてにありがとうをそえて
かけがえのない　１日を閉じる

著者プロフィール

水口 まさよ（みなぐち まさよ）

昭和22年9月9日生まれ。兵庫県川西市出身。

その日をありがとう

2001年11月15日　初版第1刷発行

著　者　水口《みなぐち》 まさよ
発行者　瓜谷 綱延
発行所　株式会社 文芸社
〒112-0004　東京都文京区後楽2-23-12
電話　03-3814-1177（代表）
03-3814-2455（営業）
振替　00190-8-728265
印刷所　図書印刷株式会社

ISBN4-8355 2700-3 C0092